DESEIÉRIO

matheus florio

URUTAU
março de 2025

O —

editora Urutau

rua do cajú, 478
jardim das cerejeiras, 06724-015
cotia-sp
brasil

rua dr. manuel pacheco nobre, 128, 5 esquerdo
2830-080 barreiro (setúbal)
portugal

[+55] 11 95608 8983 [brasil]
www.editoraurutau.com

[EDITORA]
debora ribeiro rendelli
[REVISÃO]
marcella sarubi
[PROJETO GRÁFICO]
wladimir vaz
[COORDENAÇÃO GRÁFICA]
tiago fabris rendelli
[DIAGRAMAÇÃO]
victor h. azevedo

Dados Internacionais de Catalogação na Publicação (CIP) de acordo com ISBD

F638d Florio, Matheus
Deseiério / Matheus Florio. – Cotia : Urutau, 2025.
56 p. ; 13cm x 16,5cm.

ISBN: 978-65-5900-916-9

1. Literatura brasileira. 2. Poesia. I. Título.

CDD 869.1
2025-847 CDU 821.134.3(81)-1

Elaborado por Odilio Hilario Moreira Junior - CRB-8/9949
Índice para catálogo sistemático:

1. Literatura brasileira: Poesia 869.1
2. Literatura brasileira: Poesia 821.134.3(81)-1

SUMÁRIO

[9] i
[11] ii
[13] iii
[15] iv
[17] v
[19] vi
[20] vii
[21] viii
[22] ix
[24] x
[25] xi
[27] xii
[28] xiii
[29] xiv
[31] xv
[32] xvi
[33] xvii
[34] xviii
[36] xix
[37] xx
[39] xxi
[40] xxii
[41] xxiii
[42] xxiv
[44] xxv
[45] xxvi

[47]	xxvii
[48]	xxviii
[49]	xxix
[50]	xxx

i

há uma palavra dentro de Ti
que apenas a morte poderá cessar
buracos nas paredes do buraco
inscrições místicas: unha e carne escritas
no dorso das costas
diantes do texto
não podes decifrar

são vinte e cinco círculos
em três elipses
em um triângulo
em uma boca com dentes
e todas as palavras do mundo
em uma semente

mas há uma dentro de Ti
que apenas o mato pronunciará
dá de comer aos peixes
enfia a mão toda dentro do buraco

abra bem os olhos
espera puxar

o que é o que é
a fava de um jequitibá
o que é o que é
o signo incognoscível
o que é o que é
o que é o que é?

alma dentro de Ti:
a voz que Te fala:
fecha os olhos: palavra
vinte e cinco círculos em três elipses
uma boca demente
uma concha sem fundo Tu pões no ouvido: Te confundes
vinte e cinco mil vezes
ouve graça graça graça
ode ao ódio ódio ódio

ii

há uma gata
e não pode vê-la
uma semente fechada Tu pões aos olhos
um risco no meio do rabo
tenta enxergar a veia
chocalho sem barulho
chacoalha a vida inteira

há um sonho-coração
e Tuas entranhas não sentes
não consegues abrir os olhos
não há que serrar a concha
entre as costelas se esconde
uma assustadora força
um cuco e um relógio

luz por entre as paredes não há
apenas uma entrada
um caramujo sem dentes

sobre os pés da menina
e a faca a faca a faca

uma mangueira-mãe em um pasto ensolarado
um único feixe não passa
os raios solares estão bem guardados
na vaca a vaca a vaca

Tu e Teus olhos negros
mugidos profundos
no espelho vejo um rosto
de dentro da craca
os pés
e a faca
cuco cuco cuco

iii

uma concha ao meio
a ver se acha o lado
nesta são vinte círculos
se cortas ao meio quarenta aortas
olha-a bem põe-lhe o dedo
está à mostra

Tua maior raiva
e abre bem os olhos
e fecha bem os olhos
como uma mariposa

um par de asas
estrambelhárias
lambidas em mel
cria Tura assenso

a árvore com folhas
o caranguejo com patas
o buraco da toca

à distância do corpo
despedaçado

a Mim o Tu
os pés
e a ffffff
uma barriga e um frio
um relógio
cuco cuco cuco

iv

entre as costelas
não faça nada
que grande surpresa
um estômago e borboletas
na lábia cortada:
então Você Me ama

Eu
que sou um caramujo
Você
que é uma lagarta

e não entendes
a Mim nem a Você
pois somos a mesma face
do mesmo delírio
corroído pela terra

Tu
só Você
e Seus pés
na jaca
repleta de sementes
e cálcio

V

arranca-as

os olhos
por baixo
silêncio
a palavra não faz
não os engula

os ouvidos
por dentro
o som da faca
e as s s s s s s paredes

a boca
pelo nariz
buraco no buraco
uma saída para dizer
lamber o cheiro que sinto:

vem de Você
enfiar a faca

os pés
pela boca
Você quem cabe
veja que sabe

vi

aqui
tudo brota
suor dos poros
água da nascente
a presença diante dos olhos

a Realizo
está aqui
e Teus pés
e a craca

Deus é uma palavra
a se repetir indefinidamente
um susto
uma aca
uco uco uco

vii

o signo incognoscível
o que é o que é
o mistério da graça
o que é o que é

uma letra senão mata
o que é o que é?
a queimadura do sol
o que é o que é?

um sono profundo
o que é o que é
a brincadeira do mundo

o que é o que é

Teus pés
esta faca
o cu o cu o cu
o que é

viii

oco oco oco
e pulsa
a concha Se abre
a comer a vibra
é um bivalve
é uma semente
viva
são duzentos círculos
em quatro demônios
é uma craca com dentes
nos pés da menina
cirripédica
é um percebe
a faca

percebes
o que é?

h'álma mata dentro de Ti
não pode escapar

ix

uma palavra absurda Te sai do ouvido
como se falasse
por Ti só
ouça

distante

deseio

o cu
(o buraco da toca)

o pé
(nos dentes da boca)

a fá
(no buraco da toca)

a crá
(os dentes da boca)

oco

oco

acá

x.

o cu

o pé

a fá

a crá

oco

oco

acá

xi.

Eis o que há:
uma palá

Eis o que é:
mata

dentro de Mim
Você
todas as palavras
Tu
as árvores todas vastas
um delírio infame
contido no olho de uma vaca:
dois ou três passos
dois ou três pastos
dois ou três rastros
dois ou três?
Eu e Tu ou Você

para não mais Te ver
tirar os pés do chão
enfiar na craca

xii

Eis o que Eis:

vinte e círculos
um retângulo
as pontas viradas para a terra
ao toque da carne macia
bem enfiadas

uma rocha com dentes
desfaz a ferida
o molusco deixa Sua mucosa
caracólica
bem afiada
estás entregue
ao que restou

às águas salgadas
nada nada nada

xiii

impronunciada
a substância da forma
é que não é
a estruberância da cólera
que é o que é
quarenta e dois gomos
são a metade de uma laranja
que nasceu de uma mangueira
pela metade
semiosfera
vezes vez

xiv

ainda sobra metade:
se um é um
número inteiro
como é que de Tu
tens Mim
e Você?
Tudo
Um e Meio

se Eu sou Eu sou Eu sou Eu sou Eu
um pensamento na caverna
o buraco da escrição
dentro da cabeça
como tenho olhos e pés
que possa dizê-los
e saltar para fora
de Mim?

temo que Meus olhos caiam no chão e vejam Meu corpo
pela metade
ainda não consegui Te ver
serei quatro

XV

terá algo ali flora?

um único verso saturnino
Se desdobrabre
tapa os olhos com Seus buracos
invisíveis à mostra
versa
os dedos dos pés esticados
sob o sol
o chão de madeira
vê se as veias e os tendões
és a menina
Tua craça
e O ânus solar
és o signo de quatro
(Me fode Me fode Me fode):
dois buracos no lugar dos olhos
pois a faca

xvi

estás fechada na prisão da experiência
não podes cessar
mas alma
e há e a e a e a
vaindo

i a i a i a i a
saindo

lá e lá e lá e cá
indo

cá e cá e cá e cá

ter Deus em mãos
fazer o que der na telha
lamber da fonte
o que cair do Méu

xvii

a crá crá crá e
os pés és é s a
fá fá fá do
a mor mor mor
arranca-o
corpo engosmado de dentro
faz barulho a língua
roxa
deixa sair

xviii

Eu
e Você
Tu e Teus pés
esta faca
está tudo
lá lá lá lá lá

fá fá fá fá fá

cá cá cá cá cá

má má má má má

tá tá tá tá tá

bú bú bú bú bú

cê cê cê cê cê

tá tá tá tá tá

á á á á á

í

xix

isso e Eu

não palavras

junções de um susto

um bú

em Você

está

esta a alma

esta que ama e rói

XX

Tu és Você

Me dizem

Eu soo Eu soo Eu soo

Tu e Você

me leem o pergaminho

destoo destoo destoo

Eu soo Você

Me assopra

apago

assombra:

brincadeirinha

Eu canto Você

me assusta

a força que tem

inhinhinha

xxi

está para a coisa a rocha
a morada-sonho
erva daninha

esta é a forca a faca
a linguada doce
a linguisteria

Te pudesse Eu Me Se matava
ameaçoscoşço
à Tua florzica

Eu Te pego
Eu Me enganei
Eu Me mato tarde
Eu Te amo a noite

quando vem não deixa entrar
fá fá fá fá fá
cá cá cá cá cá

xxii

Eu só canto Deseiério
a desgraça corre
e não Me corrói

outra coisa é coisa alegre
uma coisa é coisa
de se cantar

Se pudesse Eu não Me caçava
dentro das pedras
escraveriguar

Eu Te quero Deseiério
crá crá crá crá crá
dó rói-Me fá

xxiii

lá lá lá lá lá lá lá lá
está tão longe
parece aqui

fá fá fá fá fá fá fá fá
não é nada
que não possa ser

este é Meu canto cranal
a crá cá cá cá
não lava o pé

este é Meu canto cranal
a crá cá cá cá
não lava o pé

este é Meu canto coral
a crá cá cá cáái

xxvi

uma faca
sobre a sola dos pés
este o mundo:
de ponta à cabeça

dali tira-Se dois:
frente e verso

percebe:
Você Se apunhalou
por trás

impossível:
costurar de volta
a concha

devolver:
a semente
à terra

o coração:
ao meio do peito

à Criação:
o nada

está feito o que você não fez

XXV

por esta insígnia
Se diz
esquizofrêmito

não estreme nada

tira do mar
entre som e pensamento
sempre pergunta:

há? pois a e a e a
e água
e concha-flor
semente e pedra
Eu e Você
Teus pés à craca
Meus lesma faca
Deus rés na mata
revés
desgraça

xxvi

o que Se escreve
é Reze Reveze
são pés e mais pés
de um polvo-pulmão
o coração arde dentro do peito
Ele o sente
Eu sinto em dois:
o Meu e o Seu
há um corpo inteiro dentro Mim
e Me esfaqueia:
sinto o vento e a ventosa

Ele
sente em dois:
o Mel e o Céu
Seus olhinhos brilham em Minha caixa torácica
Se confunde
pensa que Meu coração é Céu
pensa que o Seu é Mel

está nas alturas
descoberto
entre o melaço e a gosma
faz deste lugar Sua casa

xxvii

que quentinho é dentro de um coração
Ele pensa entusiasmado
pensa
o frescor do tabaco
vai picotá-lo e acendê-lo
com Seus mil pés
está feito:
o cuco não vai bicar Seus olhos
Ele gosta do cheiro
Céu coração bate desde que a vida
não vai explodir
e Se rasgar
Deus é um fio — e ponto.
com Seus mil pés
amarra
derrama o Méu

xxviii

dentro de Ti
há uma floresta e vermes
lagartas e caramujos
um polvo
alma festa
alma palavra que não Se diz
há alguém que não Se vê
escondida no Céu
não consegue dizer

vejo-Me
não Me vejo

existe por si só
não tem nome
mas isso:
teimosa
tem nada

xxix

o que é o que é?
o que não tem nome

o que é o que é
não tem nome

o que é o que é?
o que não tem nome

o que é o que é
não tem nome

o que é o que é?
o que não tem nome

o que é o que é
não tem nome

Tu tens Tu tens Tu tens

XXX

Tu tens Tu tens Tu tens
o Mel e o Céu
Tu tens Tu tens Tu tens
sístole-diástole
Tu tens Tu tens Tu tens
arritmia
Tu tens To tens Tu tens
dois Corações:
Tu tens Tu tex Tu tens
morrer e seguir vivo
Tu tens Tu tex Tu tens
matar e seguir são
Tu tens Tu tex Tu tens
a palavra escondida
Tu tens Tu tex Tu tens
assombrado-som
Tu tens Tu tex Tu tens
sentido
Tu tens Tu tens Tu tens

um corpo vivo
Tu tens Tu tens Tu tens
a semente-concha
Tu tens To tens Tu tens
a craca
Tu tens To tens Tu tens
a faca
Tu tens To tens Tu tens
Teus pés:
Tu vens Tu tex Tu vens
ó Graça
Tu tens Tu tens Tu tens

Tu tens Tu tex Tu tens

Tu tens Tu tex Tu tens

Tu tens To tens Tu tens

Tu tens Tu tens Tu tens

Tu Tes Tu Sex Tu Sens

Matheus Florio

25 anos, é psicólogo e psicanalista, skatista de alma, escreve, para, escreve. Interessado sobretudo nos estudos da linguagem, atende pacientes com base na psicanálise lacaniana em confluência com outros campos possíveis. Gosta da poesia dos loucos varridos. *Deseiério* é seu primeiro livro publicado.

PRIMEIRA EDIÇÃO
–VERÃO–
COTIA
MMXXV